Grandma is mom and dad's mom!

When I was young, I really envied my friends who had maternal grandmothers. I never had seen her because she had passed away so early. Fortunately, however I had a paternal grandmother who was always on my side. She used to tell me stories and buy me delicious candies. She also took me around whenever we went out.

Even now, I sometimes think about going to my neighbor's parties holding grandma's hand or think about going to the market with her whenever it opened. When I recall her wrinkled face smiling at me, I feel sad because I miss her.

In this book, Yu-na has such a maternal grandmother. She does chores and take care of Yu-na instead of Yu-na's parents, who go to work.

Yu-na doesn't like her because she doesn't dress up well and couldn't make foods that she liked. She compares her grandma with her classmate Eun-seo's stylish grandma. After Yu-na friend's who came to her house made fun of her that her grandma smelled like dung, she compares her grandma with others more frequently.

However, Yu-na gradually realized her grandma's preciousness. She also left the house. She realized how much her grandma loved her.

Through the story of Yu-na and her grandma, I wish you to know that all the grandmas in the world are sweet like candy and warm like handwarmers.

김갑순 할머니를 찾습니다!

바우솔 작은 어린이 27

김갑순 할머니를 찾습니다!
Looking for Grandma Kim Gap-Sun!

1판 1쇄 | 2016년 5월 25일
1판 6쇄 | 2024년 4월 9일

글 | 이규희
그림 | 흩날린

펴낸이 | 박현진
펴낸곳 | (주)풀과바람
주소 | 경기도 파주시 회동길 329(서패동, 파주출판도시)
전화 | 031) 955-9655~6
팩스 | 031) 955-9657
출판등록 | 2000년 4월 24일 제20-328호
블로그 | blog.naver.com/grassandwind
이메일 | grassandwind@hanmail.net

편집 | 이영란
디자인 | 박기준
마케팅 | 이승민

ⓒ 글 이규희 · 그림 흩날린, 2016

값 9,800원
ISBN 978-89-8389-658-2 73810

이 도서의 국립중앙도서관 출판예정도서목록(CIP)은 서지정보유통지원시스템 홈페이지(seoji.nl.go.kr)와
국가자료공동목록시스템(www.nl.go.kr/kolisnet)에서 이용하실 수 있습니다. (CIP제어번호 : CIP2016007785)

제품명 김갑순 할머니를 찾습니다! | **제조자명** (주)풀과바람 | **제조국명** 대한민국
전화번호 031)955-9655~6 | **주소** 경기도 파주시 회동길 329
제조년월 2024년 4월 9일 | **사용 연령** 8세 이상
KC마크는 이 제품이 공통안전기준에 적합하였음을 의미합니다.

⚠ **주의**

어린이가 책 모서리에
다치지 않게 주의하세요.

바우솔 작은 어린이 27

김갑순 할머니를 찾습니다!

이규희 글 | 흩날린 그림

바우솔

엄마의 엄마, 아빠의 엄마가
바로 할머니예요!

　어린 시절 나는 외할머니가 있는
아이들이 참 부러웠어요. 외할머니가 하도 일찍 돌아가셔서 외할머
니를 한 번도 본 적이 없었거든요.
　하지만 다행히 내겐 옛날이야기도 잘해 주고, 맛있는 사탕도 사 주
고, 어디 갈 때마다 나를 데리고 다니고, 언제나 내 편이었던 친할머
니가 있었어요.

지금도 할머니 손을 잡고 동네 잔칫집에를 가거나, 장날이면 시장에 가던 생각이 나요. 주름진 얼굴로 나를 보며 환하게 웃어 주던 모습을 떠올리면, 보고 싶어서 코끝이 찡해지기도 하고요.

이 책의 주인공 유나에게도 그런 할머니가 있어요. 맞벌이하는 엄마와 아빠 대신 집안일을 해 주고, 유나를 돌보러 오신 외할머니예요.

하지만 유나는 도무지 멋도 부리지 않고 신식 음식도 못하는 할머니가 영 마음에 들지 않아요. 같은 반 친구 은서 할머니처럼 멋쟁이 할머니랑 비교하는 마음도 들고요. 집에 놀러 왔던 친구들이 '똥 할머니'라고 놀리자 더욱 그랬어요.

하지만 유나는 할머니가 집을 비우자, 할머니의 소중함을 차츰 깨닫게 되었답니다. 할머니가 유나를 얼마나 사랑하는지도 알게 되고요.

유나와 할머니의 이야기를 통해, 나는 이 세상 모든 할머니가 얼마나 솜사탕처럼 달콤하고 손난로처럼 따스한 분인지 알았으면 해요.

모든 할머니가 엄마의 엄마이고, 아빠의 엄마니까요!

이규희

🔖 차례

1.천둥 번개가 치는데

'왜 안 오시지?'

유나는 고개를 쭉 빼고 운동장을 바라보았어요. 학교 올 때는 멀쩡했는데, 집에 갈 때쯤 되니 우르릉 쾅쾅 천둥 번개가 치며 하늘에서 세차게 비가 쏟아졌어요. 마치 구멍이라도 뚫린 듯 말이에요.

"정우야, 엄마가 우산 가져왔다!"

"와, 우리 아빠도 왔네!"

학교 앞은 우산을 가져온 엄마 아빠들로 아주 복잡했어요. 아이들은 우산을 쓰거나 자동차를 타고 서둘러 하나둘 집으로 돌아갔어요.

"유나야, 아직 할머니 안 오셨니? 그럼 교실에 들어가서 기다리렴."

담임 선생님이 유나를 보며 말했어요.

"싫어요. 여기서 기다릴래요."

유나는 고개를 절레절레 흔들었어요. 다른 아이들은 다 집에 가고 없는데 혼자 우두커니 교실에 남아 있는 건 정말 질색이었어요.

천둥이 아까보다 더 심하게 우르릉거리고 하늘도 점점 더 새까매졌어요. 유나는 번개가 번쩍번쩍할 때마다 무서워서 거북이처럼 저절로 목덜미가 움츠러들었어요. 하지만 할머니는 아무리 기다려도 오시지 않았어요.

'치, 느림보 할머니! 미워!'

유나는 속으로 투덜거렸어요.

얼마 뒤 교문 쪽에서 할머니가 허둥지둥 달려오는 게 보였
어요. 세찬 비바람에 분홍 우산 한쪽 귀퉁이가 찌그러져서
온몸이 흠뻑 젖은 채 말이에요.

"에고, 우리 유나 많이 기다렸지? 어여 집에 가자, 어여!"

"할머니 미워! 다른 아이들은 벌써 다 집에 갔단 말이야!"

유나는 할머니를 보자마자 꽥 소리를 질렀어요.

"이런, 미안해서 어쩌나.
우리 강아지가 기다리는
줄도 모르고 그만 깜빡
잠이 들었단다. 천둥소리
에 놀라 깨어 보니 비가
이렇게 세차게 내리지
뭐냐."

할머니는 품에 꼭 안고
온 우산이랑 우비, 장화를
꺼내 주며 미안해서 어쩔 줄
몰랐어요.

"치, 느림보 할머니, 거북이 할머니!"

유나는 잔뜩 토라진 얼굴로 우비를 입고 장화를 신고 우산
을 쓰고는 일부러 찰방찰방 빗물을 튀기며 교문 쪽으로 혼
자 막 뛰어갔어요. 할머니가 뒤에서 허둥지둥 쫓아오는 걸 다
알면서 말이에요.

그날 저녁, 유나는 입을 쑥 내밀고 엄마한테 투덜거렸어요.

"엄마, 회사 안 다니면 안 돼? 할머니 싫어! 비가 오는데 우리 반에서 우산도 제일 꼴찌로 가져다주고!"

"호호, 우리 유나가 단단히 화가 났구나. 그래도 할머니가 안 계셨으면 어쩔 뻔했니? 엄마는 회사에서 우산 가져다주러 올 수도 없는걸."

엄마는 유나의 마음도 모른 체 약 올리듯 말했어요. 하긴 무슨 일이 있을 때마다 엄마는 언제나 할머니 편이었어요. 아무래도 할머니가 엄마의 엄마라서 그런가 봐요.

"유나야, 너를 낳고 회사를 그만둘까 한참 고민하던 때였단다. 할머니가 너를 키워 줄 테니 걱정하지 말고 일하라고 하셨어. 평생 살림만 하신 할머니는 늘 밖에 나가 일하는 신식 여자들이 부러웠대. 그래서 엄마에게 마음껏 능력을 발휘하라며 용기를 주신 거야. 그 덕분에 엄마는 '코코 인테리어'를 지금처럼 알찬 회사로 키울 수 있었단다."

실내 디자인을 공부하고 인테리어 회사에 다니던 엄마는 몇 년 전 대학 동창들과 인테리어 회사를 차렸어요. 그러면서 지금처럼 회사에 다니는 건 모두 할머니 덕이라고 입버릇처럼 말했답니다.

'치, 그래도 난 엄마가 집에 있는 게 좋은데.'

유나는 아무리 그래도 엄마가 집에 있기를 바랐어요. 정아 엄마가 늘 정아 곁에 있는 것처럼요. 생일 파티 때 예쁜 꽃무늬 앞치마를 입고 맛있는 간식을 해 주고, 시장이랑 백화점에도 같이 가 주고 말이에요.

하지만 엄마는 회사를 그만둘 마음이 전혀 없었어요. 여행사에 다니는 아빠도 늘 밤늦게 들어오고, 툭하면 해외 출장을 다니느라 유나를 봐줄 수 없었고요.

'내 편은 아무도 없어!'

유나는 여전히 입을 쑥 내민 채 투덜거렸어요.

캄캄한 밤중에 유나가 막 잠이 들려고 할 때였어요.

누군가가 유나 이마를 짚어 보며 걱정스레 말했어요.

"다행히 열은 없네. 유나야, 오늘 할미 때문에 화났지? 미안하구나. 나음에는 할미가 제일 먼저 우산 가져다주마. 자장자장 우리 아기, 잘도 잔다, 우리 아기……."

할머니가 토닥토닥 달래며 자장가를 불렀어요. 유나가 갓난아기 때부터 잠잘 때면 늘 불러 주던 노래였어요.

'피, 병 주고 약 주고!'

유나는 잠결에 속으로 중얼거렸어요. 하지만 어느새 큼큼한 할머니 냄새를 맡으며 사르르 잠이 들었어요.

2. 그건 똥 냄새가 아니야!

어느 날 음악 시간이었어요. 2학년 3반 아이들은 모두 5개 조로 나뉘어 연주회를 하기로 했어요. 조별로 피아노에 맞춰 노래를 부르거나 바이올린, 첼로, 피리, 오카리나, 리코더, 북, 장구 등 악기를 연주하는 거예요.

유나가 속한 3조 6명은 모두 리코더를 불기로 했어요. 그런데 다음 주 금요일까지 연주 연습을 마치려면 시간이 별로 없었어요.

"오늘 학교 끝나고 다 같이 모여서 연습할래?"

호영이가 아이들을 보며 물었어요.

"그래, 좋아. 그런데 어디서 연습할까? 교실은 벌써 2조가 맡아놨대."

아이들은 서로 마주 보며 물었어요.

"그럼 우리 집에서 할래? 학교에서 가까우니까 1시간만 연습하고 집에 가."

유나가 말했어요. 다른 아이들은 언니나 오빠, 동생이 있어서 귀찮게 굴 수 있지만, 유나는 혼자니까 방해할 사람도 없었거든요.

"그래, 좋아!"

아이들은 학교 수업이 끝나자마자 유나네 집으로 우르르 몰려갔어요.

"아이고, 꼬마 친구들이 많이 왔구나. 어서들 오너라!"

할머니는 아이들을 반갑게 맞아 주었어요.

"안녕하세요!"

아이들은 할머니께 인사를 드리고는 유나 방으로 들어갔어

요. 곧이어 저마다 악보를 꺼내고 리코더를 불기 시작했어요.

그때 갑자기 은서가 코를 킁킁대며 아이들을 둘러보았어요.

"누가 방귀 뀌었니? 아휴, 지독한 냄새!"

"헤헤, 영준이 너지? 너는 우리 반 방귀쟁이 뿡뿡이잖아."

아이들이 영준이를 보며 마구 놀려댔어요.

"아니야. 나 방귀 안 뀌었어. 정말이야!"

영준이는 억울하다는 듯이 마구 손을 내저으며 소리쳤어
요. 그러다가는 눈을 반짝이며 낮은 목소리로 말했어요.

"사실 유나 집에 왔을 때부터 어디서 자꾸만 똥 냄새가 났
어!"

"뭐? 또, 똥 냄새? 말도 안 돼!"

유나는 소스라치게 놀라 소리쳤어요.

"맞아, 아까부터 자꾸만 똥 냄새가 났어! 유나야, 혹시 너희 할머니가 똥 싼 거 아닐까? 우리 할아버지도 아파서 누워 있을 때 아기처럼 기저귀에 똥 싸는 거 봤거든."

지선이도 눈을 동그랗게 뜨고 말했어요.

그때 문득 유나는 할머니가 구석방에서 띄우는 청국장이 떠올랐어요. 아이들이 똥 냄새라고 하는 건 바로 그 냄새가 분명했어요.

"얘들아, 똥 냄새가 아니라 우리 할머니가 띄우는 청국장 냄새야. 너희도 먹어 봤지? 우리 아빠가 제일 좋아하는 음식이 바로 청국장찌개야."

"웩, 방귀 냄새 나는 거 말이지? 난 그거 안 먹어! 난 이 세상에서 돈가스가 제일 좋아!"

명수도 코를 싸쥐며 고개를 절레절레 흔들었어요.

"얘들아, 아무래도 안 되겠다. 유나 집에서 자꾸 똥 냄새 나니까 오늘은 그만 가고 내일 우리 집에서 연습할래?"

은서가 아이들을 보며 물었어요.

"그래, 좋아! 빨리 여기에서 탈출하자. 독가스보다 냄새가
더 지독해!"

"그래, 그래! 빨리 나가자!"

아이들은 마치 외계인이 쳐들어오기라도 하듯 우당탕 집을
빠져나갔어요. 할머니가 막 찐 고구마를 들고 주방에서 나오
는 데 말이에요.

"할머니 미워! 내가 청국장 싫다고 했잖아. 아이들이 우리
집에서 똥 냄새 난다며 도망갔단 말이야!"

유나는 눈물을 뚝뚝 흘리며 소리쳤어요.

"저런, 청국장처럼 좋은 음식이 어디 있다고 그러냐?
네 친구들이 몰라서 그러는 거야. 청국장은 아주 오래전부터
내려오는 우리나라 전통 음식인데."

"몰라, 몰라! 할머니 때문에 내일 학교에 가서 아이들한테
놀림당하면 어떡해?"

유나는 발을 동동 구르며 소리를 질렀어요.

다음 날 유나는 두근두근 떨리는 마음으로 학교에 갔어요.
그러고는 살그머니 아이들 눈치를 살폈어요. 그때였어요.

"냄새, 냄새, 똥 냄새! 냄새, 냄새, 방귀 냄새!"

아이들이 유나를 보자마자 마구 놀려댔어요.

"너희 정말!"

유나는 얼굴이 빨개진 채 아이들을 노려보았어요.

하지만 유나 집에 왔던 아이들뿐만 아니라 다른 아이들까지도 덩달아 신이 나서 놀려댔어요.

"헤헤, 냄새, 냄새, 똥 냄새! 냄새, 냄새, 방귀 냄새!"

"치, 너희 가만 안 둘 거야!"

유나는 당장에라도 눈물이 쏟아질 듯했어요.

그때 선생님이 오셔서 아이들을 보며 물었어요.

"너희 그게 무슨 소리니?"

"어제 유나 집에 갔는데 똥 냄새가 났거든요. 방귀 냄새도요!"

27

"선생님, 그게 아니라 아이들이 할머니가 띄우는 청국장 냄새를 맡고 그러는 거예요."

유나는 눈물을 글썽이며 말했어요.

"저런, 청국장 냄새를 맡고 그렇게 놀려대면 안 되지! 선생님이 제일 좋아하는 음식도 청국장찌개인데! 어서 유나한테 미안하다고 하렴."

선생님이 아이들을 보며 야단을 쳤어요.

"피, 진짜 똥 냄새가 났는데……. 놀려서 미안해."

정우가 먼저 머리를 긁적이며 마지못해 사과했어요.

"김유나, 미안해!"

"이젠 안 놀릴게."

아이들이 너도나도 유나를 보며 소리쳤어요.

'흥, 아무리 그래도 이제 너희랑 안 놀 거야!'

유나는 생각할수록 약이 올랐어요.

'할머니 때문에 놀림만 받고!'

유나는 놀리는 친구들보다 청국장을 만든 할머니가 괜히 더 미웠어요.

3. 할머니, 다시는 학교에 오지마

"유나야, 엄마 다녀올게. 올 때 우리 유나 좋아하는 인형이랑 초콜릿 사다 줄 테니까 할머니 말씀 잘 듣고 있어야 해, 알았지?"

이른 새벽, 엄마는 아직 침대에 누워 있는 유나의 뺨에 입을 맞추며 속삭였어요. 엄마는 가끔 해외 출장을 가는데, 이번에는 프랑스에서 열리는 '건축물 자재 전시회'를 둘러보려면 일주일이나 걸린다고 했어요.

"엄마, 안 가면 안 돼?"

"유나야, 요즘 유행하는 실내 장식 재료를 보고, 새로운 기법을 배우려면 외국에서 열리는 전시회에 가야 해. 많이 보고 배워야 늘 새롭고 아름다운 작품을 만들 수 있거든. 그래야 다른 회사에 뒤처지지도 않고."

유나가 투정을 부리자 엄마가 달래 주었어요.

"엄마, 안녕히 다녀오세요!"

유나는 마지못해 눈을 비비고 일어나 엄마를 배웅했어요. 아빠도 커다란 여행용 가방을 들고 공항버스 정류장까지 엄마를 데려다주러 나가고요.

'나도 엄마 따라갔으면!'

유나는 엄마가 집에 없으니까 괜히 마음이 허전했어요. 한두 밤도 아니고 일곱 밤이나 자야 엄마가 온다는 것도 싫었어요.

"유나야, 어서 밥 먹고 학교에 가야지."

할머니는 된장찌개랑 시금치나물, 달걀말이를 식탁 위에 차려 놓았어요.

"나, 시금치나물 싫어!"

유나는 식탁을 힐끗 쳐다보며 고개를 홱 돌렸어요. 다른 아이들처럼 우유랑 토스트, 소시지, 핫케이크 같은 걸 먹고 싶은데 할머니는 날마다 밥과 나물 반찬만 차려 줬거든요.

유나가 원하는 건 뭐든지 척척 다 들어주면서 왜 반찬만큼은 꼭 할머니 고집대로 하는지 모르겠어요.

"할머니, 핫케이크 해 줘, 응? 소시지도 굽고!"

"아침부터 빵 먹으면 안 돼요. 게다가 색소가 잔뜩 들어간 소시지는 몸에 해롭잖니. 사람은 그저 밥이랑 반찬을 먹어야 해."

할머니는 유나를 타일렀어요.

"치, 할머니, 핫케이크 만들 줄 모르니까 그렇지? 난 이제 밥 먹기 싫어. 은서처럼 피자랑 스파게티 먹고 싶단 말이야!"

유나는 아침부터 자꾸 어깃장을 놓았어요. 어제 은서가 한 말이 떠올라서 더욱 타박하는 거예요.

"우리 할머니는 피자랑 스파게티를 아주 잘 만드신단다. 아침에도 내가 좋아하는 핫케이크랑 베이컨도 구워 주고. 우리 할머니는 못 하는 게 없어. 햄버거랑 닭튀김도 잘해 주고!"

은서는 늘어지게 자랑했어요. 은서 엄마가 학교 선생님이라
은서도 할머니랑 같이 살거든요.
　　"유나야, 핫케이크나 소시지보다 할미가 해 주는 게 몸에
더 좋난다. 어서 먹어!"
　　"싫어, 안 먹을 테야!"
　　유나는 할머니가 아무리 어르고 달래도
숟가락을 탁 소리 나게 내려놓고는
횡 학교로 왔어요.

하지만 첫 수업 시간이 지나자 저절로 배 속에서 꼬르륵 소리가 났어요. 자꾸만 눈앞에서 먹을 게 어른어른하고요.

"유나야, 이거 먹을래?"

다행히 군것질 대장 명수가 초콜릿 과자 몇 개를 줘서 간신히 허기를 달랬어요.

하루, 이틀이 지나고 엄마가 출장을 간 지 사흘째 되는 날이었어요. 하필이면 유나의 급식 당번 차례가 돌아왔어요.

"유나야, 어쩌지? 이번 급식 당번에는 엄마 대신 할머니가 가실 거야."

엄마는 출장을 떠나기 전 당번 표를 보며 말했어요.

급식 당번이 되면 엄마들이 와서 급식 도우미를 해 주는데, 엄마는 회사 일이 아무리 바빠도 그날만큼은 학교에 꼭 와 주었어요.

하지만 오늘은 엄마 대신 할머니가 오기로 한 날이에요. 유나는 지난번 똥 냄새 사건 이후로 할머니가 오는 게 어쩐지 불안했어요.

그때 교실 문이 열리고 아주 멋쟁이 할머니 한 분이 급식 차를 밀고 오는 게 보였어요. 머리에 머릿수건 대신 분홍색 베레모를 쓰고 귀걸이를 하고, 화려한 꽃무늬 원피스에다가 분홍 앞치마를 두르고요.

"와, 우리 할머니다!"

은서가 큰 소리로 외쳤어요. 은서 할머니는 그 소리를 듣고 연예인처럼 손으로 브이 자를 그리며 활짝 웃었어요. 손에 낀 커다란 반지가 반짝 빛났어요.

"은서 할머니 정말 멋쟁이다!"

"탤런트 같아!"

아이들이 고개를 쭉 빼 은서 할머니를 보며 소리쳤어요.

"우리 할머니는 화가란다. 할머니 방에 가 보면 멋진 그림이 얼마나 많다고! 나랑 만날 미술 전시회에도 가고 연극 구경도 가고 근사한 식당에서 밥도 사 주셔. 난 이 세상에서 우리 할머니가 제일 좋아!"

은서는 신이 나서 어쩔 줄 몰랐어요.

'우리 할머니도 멋지게 하고 오셔야 할 텐데.'

유나는 조마조마 마음을 졸이며 교실 문을 바라보았어요.

그때 할머니가 교실로 들어서는 게 보였어요. 검은색 바지에다 회색 스웨터를 걸친 할머니는 하얀 앞치마를 두른 채 어딘가 수줍은 듯 조심스레 교실 안으로 들어섰어요. 꼬불꼬불 짧은 파마머리에는 하얀 머릿수건을 쓰고요.

'엄마가 사 준 예쁜 블라우스도 있는데.'

유나는 초라한 차림으로 온 할머니가 마냥 부끄러웠어요.

그때였어요. 정우가 유나를 보며 소리쳤어요.

"앗, 유나야, 저기 너희 할머니도 오셨네! 똥 할머니!"

정우는 지난번 청국장 사건을 떠올린 듯 크게 소리쳤어요.

"뭐, 똥 할머니? 우헤헤!"

"우와, 정말 웃긴다, 웃겨!"

아이들은 책상을 치며 마구 웃어댔어요.

유나는 쥐구멍이라도 있으면 들어가고 싶었어요. 할머니는 아이들이 놀려대는 것도 모르고 아이들에게 음식을 담아 주느라 정신이 없었어요.

유나는 학교가 끝나자마자 씩씩대며 집으로 왔어요. 그리고
는 현관 앞에서 큰 소리로 외쳤어요.

"할머니, 다시는 학교에 오지 마!"

"아니, 왜? 할미가 오늘 무슨 실수라도 한 거야? 그래서
급식을 그렇게 맛없이 깨작깨작 먹었어?"

할머니는 눈이 휘둥그레져서 물었어요.

"몰라, 몰라! 은서 할머니는 예쁘게 꾸미고 왔는데 할머니
는 그게 뭐야. 창피하게! 그리고 아이들이 자꾸 할머니 보고
똥 할머니라고 놀리잖아, 앙앙!"

유나는 마침내 참았던 눈물을 터뜨렸어요.

"저런, 나는 그저 학교에 일하러 가니까 편하게 입었는
데……. 우리 강아지가 창피했다니 이걸 어쩌나……. 철없는
것들, 똥 할머니라니……."

할머니도 떨리는 목소리로 울먹였어요. 부엌으로 들어가는
할머니 발걸음이 아주 무거워 보였어요.

4. 엄마 아빠가 다퉜어요!

며칠 뒤, 학교 갈 준비를 하던 유나는 깜짝 놀랐어요. 안방에서 엄마와 아빠가 다투는 소리가 들려왔어요.

"아니, 이 셔츠가 왜 이렇게 작아졌지?"

"어떡해. 이거 물빨래하면 안 되는 옷인데 엄마가 세탁기에 넣고 돌리셨나 보네."

"이걸 세탁기에 돌리다니 장모님도 참! 회사 일이 아무리 바쁘더라도 이런 건 당신이 직접 챙겨야 하는 거 아니야?"

아빠는 화가 나서 어쩔 줄 몰랐어요.

"여보, 대체 그 옷이 비싸면 얼마나 비싸다고 그래? 우리 때문에 고생하시는 엄마한테 고맙다는 말은 못할망정 그깟 셔츠 하나 망가졌다고 이렇게 화를 내야겠어?"

엄마는 아빠보다 더 화가 난 듯 따졌어요.

"뭐, 그깟 셔츠? 도대체 이 셔츠가 얼마짜리인 줄 알기나 하는 거야? 값도 값이지만 백 퍼센트 레이온이라 마치 안 입은 것처럼 시원하고 가볍고 몸에 착 붙어서 내가 제일 좋아하는 옷이잖소!"

아빠는 셔츠를 손에 들고는 팔랑팔랑 흔들어댔어요.

그때 할머니가 방문 앞에서 쭈뼛거리며 조심스레 말했어요.

"김 서방, 미안하네. 내가 셔츠에 붙은 상표를 보긴 했는데 눈이 침침해서인지 그걸 나일론으로 읽었지 뭔가. 그래서 막 빨아도 되는 줄 알고 세탁기에 넣었더니 그렇게 확 줄고 말았네. 어쩌나, 그게 얼마인지 모르지만 내가 한 벌 사 줌세."

"아이고, 자, 장모님…… 그게 아니라……."

아빠는 화들짝 놀라 쩔쩔맸어요.

"엄마, 그게 무슨 소리예요? 힘들게 우리 살림해 주고 유나 키워 주는 것만으로도 미안해 죽겠는데, 셔츠 하나 망친 게 대수예요? 당신 정말 너무 심했어!"

엄마는 아빠를 보며 가자미처럼 눈을 흘겼어요.

그 일로 엄마와 아빠는 화가 단단히 났는지 며칠째 말을 하지 않았어요. 할머니는 엄마 아빠 눈치를 살피며 몸 둘 바를 몰라 했고요.

며칠 뒤, 엄마는 다른 날보다 조금 일찍 퇴근했어요.

"엄마 왔다!"

엄마는 양손에 쇼핑백을 잔뜩 들고는 큰 소리로 외쳤어요.

"그게 다 뭐냐?"

할머니가 의아한 얼굴로 물었어요.

"엄마, 제가 암만해도 유나 아빠한테 너무 무심한 것 같아서요. 그래서 유나 아빠 와이셔츠랑 속옷도 좀 사고, 엄마 스웨터도 하나 샀어요. 우리 엄마는 피부가 하얘서 분홍색이 잘 어울리잖아요. 엄마, 어서 이것 좀 입어 보세요, 네?"

엄마는 할머니에게 마치 어린아이처럼 아양을 떨었어요. 아빠 셔츠 망친 일로 할머니가 요즈음 시무룩해 있는 걸 알기 때문이에요.

"나갈 데도 별로 없는데 옷은 왜 사 오누."

할머니는 무덤덤하게 말했어요. 하지만 어느새 엄마가 사 온 분홍 스웨터를 입고는 거울 앞에 섰어요.

"어머, 우리 엄마 새색시 같네. 유나야, 그렇지? 할머니 예쁘지?"

"치, 그래도 은서 할머니가 더 예뻐. 은서 할머니는 탤런트 같단 말이야."

유나는 입을 쑥 내밀고 투덜거렸어요.

"너, 할머니 젊으셨을 때 얼마나 예뻤는지 알아? 우리 달래 골에서 동네 사람들이 모두 춘향이 같다고 했단 말이야. 그런 데 너 키워 주느라 이렇게 늙으신 것도 모르고!"

엄마는 화가 나서 목소리를 높였어요.

"그냥 놔둬라. 애가 철모르고 하는 소리를 뭘 그렇게 예민 하게 받아들이냐."

할머니가 분홍 스웨터를 벗으며 말했어요. 그러고는 말없이 주방으로 들어가 콩나물을 다듬었어요.

'할머니 화났나 보다.'

유나는 아차 싶었지만 이미 쏟아진 물이었어요.

'은서 할머니가 더 예쁜 건 사실인데 뭘.'

유나는 속으로 중얼거렸어요.

5. 할머니도 화가 났대요!

"야, 신난다!"

유나는 엉덩이를 흔들며 좋아서 팔짝팔짝 뛰었어요. 모처럼 엄마 아빠랑 놀이공원에 가기로 했거든요.

유나가 하도 졸라대니까 엄마 아빠가 시간을 낸 거예요. 엄마는 일이 많아서 남들이 노는 주말이나 공휴일에도 늘 현장에 나가곤 했거든요.

49

여행사 과장님인 아빠도 늘 밤늦게 들어오기 일쑤여서 유나랑 놀아 줄 시간이 없었고요. 큰 아파트로 이사 가고 유나를 공부시키려면 젊었을 때 열심히 일해야 한다나요.

"장모님도 같이 가세요! 바람도 쐬고 모처럼 밖에서 맛있는 음식도 드세요."

아빠가 할머니를 보며 말했어요.

"아닐세. 김칫거리를 한가득 사다 놨으니 오늘은 집에서 나 혼자 한갓지게 김치나 담그려네."

할머니는 고개를 저었어요. 엄마가 같이 나가자고 해도 한사코 손을 내저었어요.

"할머니, 다녀오겠습니다!"

유나는 큰 소리로 인사하고는 후다닥 집을 나섰어요. 모처럼 엄마 아빠랑 셋이 나들이를 가는 게 마냥 좋았어요.

"좋아, 오늘은 우리 딸이랑 신나게 놀아 보자!"

아빠는 청바지에 티셔츠를 입고, 파란 모자를 쓰고는 신이 나서 자동차를 몰았어요.

놀이공원에는 사람들이 아주 많았어요. 대부분 유나처럼 엄마 아빠와 함께 온 아이들이었어요.

유나는 신이 나서 놀이공원을 돌아다녔어요. 하늘 높이 떠서 빙글빙글 돌아가는 무서운 놀이 기구도 타고, '귀신의 집'에도 들어가 보았어요.

동물원에서 코끼리와 기린, 얼룩말 같은 동물도 보고 돌고래 쇼도 보았죠. 정말 온종일 놀아도 끝이 없었어요.

해가 뉘엿뉘엿 질 때까지 신나게 놀자 배에서 꼬르륵 소리가 났어요. 유나는 문득 은서가 자랑하던 스파게티랑 피자 생각이 났어요.

"엄마, 오늘 스파게티랑 피자 먹고 싶어!"

"그럼 오늘 저녁은 모처럼 이탈리아 식당에 가서 맛있는 피자랑 스파게티 먹을까?"

엄마도 대찬성이었어요.

"난 집에서 장모님이 끓여 주시는 청국장찌개랑 밥 먹는 게 더 좋지만, 오늘은 우리 딸 원하는 대로 해 줘야지."

아빠도 흔쾌히 유나 편을 들어주었어요.

세 식구는 아주 근사한 이탈리아 식당에 가서 맛있는 피자
랑 스파게티, 샐러드를 먹었어요. 치즈가 쭉쭉 늘어나는 피자
는 정말 꿀맛이었어요. 토마토와 미트볼로 맛을 낸 스파게티
도 환상적이었어요.

"아휴, 우리 유나 잘 먹는 것 좀 봐요!"

엄마와 아빠는 보기만 해도 배가 불러 흐뭇한 표정을 지었
어요.

배불리 저녁을 먹은 세 식구는 밤이 늦어서야 집으로 들어갔어요. 그런데 집안이 온통 캄캄했어요.

"할머니가 벌써 주무시나?"

엄마가 깨금발로 살금살금 들어가 불을 켰어요. 그러자 캄캄한 거실에 할머니가 혼자 우두커니 앉아 있는 게 보였어요.

"아이코, 깜짝이야! 엄마, 왜 그러고 계세요? 텔레비전도 안 보시고?"

엄마가 깜짝 놀라 물었어요.

"그냥. 시끄러운 게 싫어서."

할머니는 힘없는 목소리로 대답했어요.

"할머니, 우리 맛있는 스파게티랑 피자 먹었다! 입에서 살살 녹아! 꿀맛이었어!"

유나는 큰 소리로 마구 자랑했어요.

"밥을 먹고 오면 먹고 온다고 전화를 해야지. 난 또 그런 줄도 모르고 유나 아비 좋아하는 보쌈이랑 겉절이를 했구먼."

할머니는 잔뜩 서운한 표정으로 말했어요.

"어머나 내 정신 좀 봐. 저녁 먹고 갈 거라고 전화 드려야지 해 놓고는 깜빡했네! 요즘 내가 까마귀 고기를 먹었나 왜 자꾸 깜빡깜빡하는지 몰라. 그럼 여태 저녁도 안 드시고 우리를 기다린 거예요?"

엄마는 미안해서 어쩔 줄 몰랐어요. 그리고 보니 식탁 위에는 먹음직스럽게 삶아 놓은 돼지고기랑 겉절이가 있었어요.

"장모님, 죄송합니다. 전 유나 엄마가 전화를 드린 줄 알았어요. 그나저나 시장하셔서 어떡해요? 저랑 같이 드세요. 저는 원래 피자 같은 거 안 좋아해서 아주 조금밖에 안 먹었거든요. 그렇잖아도 뭔가 얼큰한 게 먹고 싶던 참인데 잘됐네요. 장모님표 보쌈에다 겉절이랑 소주 한잔 하면 피곤이 싹 풀릴 것 같은데요? 어서 저랑 같이 드시지요!"

아빠도 머리를 벅벅 긁으며 너스레를 떨었어요.

"됐네. 나는 생각이 없으니 자네 혼자 들게. 나는 고단해서 그만 들어가 자야겠네."

할머니는 일어나서 방으로 들어갔어요.

"할머니, 안녕히 주무세요!"

"오냐."

유나가 잔뜩 들뜬 목소리로 말하자 할머니는 시무룩이 대답

했어요.

그날 이후 며칠 동안 집안 분위기가 살얼음판이었어요. 엄

마와 아빠는 할머니 눈치를 살피느라 쩔쩔맸고, 유나도 괜히

할머니 눈치를 살살 보았어요.

6. 고양이는 안 된대요!

"할머니, 놀이터에 다녀올게요!"

숙제를 마친 유나는 큰 소리로 외쳤어요.

놀이터에 가면 같은 아파트에 사는 아이들이랑 놀 수 있고,
자전거도 탈 수 있어서 시간만 나면 달려가곤 했어요. 그런데
오늘따라 아이들이 한 명도 보이지 않았어요.

'다 어디 갔지?'

 58

유나는 고개를 갸우뚱하며 놀이터를 둘러보았어요. 그때 아기 고양이 한 마리가 혼자서 놀이터 의자에 오도카니 앉아 있는 게 보였어요. 가슴에 하얀 얼룩점이 있는 아주 조그맣고 예쁜 고양이였어요.

"야옹아!"

유나는 신이 나서 고양이 곁으로 다가갔어요. 고양이는 도 망갈 생각도 않고 반짝거리는 눈으로 유나를 빤히 바라보았 어요.

"만지지 마라. 여기저기 돌아다니는 길고양이야. 더러운 균이 있을지도 몰라."

지나가던 할아버지가 아는 체했어요. 하지만 유나는 배가 홀쭉한 고양이를 보니 마음이 아팠어요.

"냥이야, 우리 집에 갈래? 내가 맛있는 참치 줄게."

유나는 살며시 다가가 고양이를 안았어요. 고양이도 유나 가 좋은지 눈을 반짝이며 얌전하게 안겼어요.

"할머니, 할머니! 길고양이야! 배가 고픈지 배가 홀쭉해. 내가 맛있는 먹이를 주려고 데려왔어."

유나는 고양이를 안고 집으로 들어서며 신이 나서 소리쳤어요.

"이런, 길고양이를 함부로 데려오면 안 되지. 어서 도로 데려다주렴. 어서!"

할머니는 고양이를 보자마자 손사래를 쳤어요.

"싫어! 이제부터 내가 키울 거야. 혼자 여기저기 돌아다니다가 다치기라도 하면 어떻게 해."

유나는 고양이를 더욱 꼭 껴안은 채 말했어요.

"어허, 유나야, 할미는 시골에서 살아서인지 개나 고양이를 집에서 키우는 건 옳지 않다고 생각한단다. 그러니 어서 자유롭게 놓아주렴, 응?"

할머니는 또다시 유나를 타일렀어요.

유나는 코대답도 않고 주방 찬장에서 참치 통조림 하나를 꺼내서는 플라스틱 그릇에 담아 아기 고양이에게 주었어요.

"야옹, 야옹!"

아기 고양이는 코를 킁킁거리며 냄새를 맡더니 참치를 맛있게 냠냠 핥아 먹기 시작했어요. 등을 동그랗게 구부리고 꼬리를 바짝 치켜든 채 말이에요.

"호호, 야옹아, 그렇게 맛있어? 이제부터 내가 날마다 맛있는 참치 줄게. 아이, 귀여워라!"

유나는 마치 동생이라도 생긴 듯 좋아서 어쩔 줄 몰랐어요. 아기 고양이에게 샛별이라는 이름도 지어 주고요. 할머니가 몇 번이나 다시 데려다주라고 말했지만 들은 척도 하지 않았어요.

"에구머니나, 이게 뭐야? 응? 웬 고양이야?"

퇴근하고 돌아온 엄마는 화들짝 놀라 물었어요.

"아휴, 유나가 길고양이 한 마리를 데려와서는 제가 키우겠다고 야단이지 뭐냐. 안 된다고 해도 막무가내야. 이젠 다 컸다고 이 할미 말은 귓등으로도 안 들으려 하니 큰일이구나."

할머니는 혀를 끌끌 차며 엄마에게 하소연했어요.

"유나야, 어서 데려다줘, 응? 할머니가 너 돌보랴 집안 살림 하랴 얼마나 힘드신지 알아? 그런데 이제 고양이 시중까지 들으란 말이니, 어서!"

엄마가 당장에 샛별이를 내쫓을 듯 으름장을 놓았어요.

"싫어! 다른 아이들은 다 언니나 오빠가 있고 동생도 있는데 나만 혼자잖아. 샛별이랑 같이 있으면 안 심심해서 좋단 말이야!"

유나도 지지 않고 말대꾸했어요. 그러고는 절대로 빼앗기지 않겠다는 듯 고양이를 꼭 끌어안고 방으로 들어갔어요.

"쯧쯧, 왜 저리 고집쟁이가 되었는지 원."

할머니는 혀를 끌끌 차며 한숨을 푹 내쉬었어요.

다음 날 학교에 다녀온 유나는 기절할 듯 놀랐어요.

"할머니, 샛별이 어디 갔어? 샛별아, 샛별아!"

유나는 큰 소리로 고양이를 찾았어요. 하지만 고양이는 어디에도 보이지 않았어요.

"할머니, 샛별이 어디 갔어? 응?"

"너희 엄마가 아침에 회사로 데려갔단다. 집에서 키울 수 없다면서. 그러니 정 보고 싶으면 엄마 회사에 가서 보도록 하려무나."

할머니는 미안한 듯 말했어요.

"말도 안 돼! 샛별이는 내 고양이란 말이야! 빨리 데려와! 이게 다 할머니 때문이야! 할머니가 샛별이를 싫어하니까 엄마가 회사로 데려간 거잖아! 할머니, 미워! 할머니 없어졌으면 좋겠어!"

유나는 바락바락 소리를 지르며 방문을 쾅 닫은 채 울고 또 울었어요.

책상이랑 침대, 의자 위를 사뿐사뿐 걸어 다니던 고양이를 떠올리자 더욱더 눈물이 쏟아졌어요.

"유나야, 어서 나와서 간식 먹고 피아노 학원 가렴, 어서!"

할머니가 문 앞에서 아무리 달래도 꿈쩍도 하지 않았어요.

"치, 이제부터 할머니 말 절대로 안 들을 테야!"

유나는 큰 소리로 외쳤어요.

7. 할머니가 집을 나갔어요!

일요일 아침, 온 집안이 아주 조용했어요. 엄마 아빠는 늦잠을 자는지 아직도 안방 침대에 누워 있고요. 다른 때 같으면 주방 쪽에서 타닥 타다닥 하는 할머니의 도마 소리가 들려올 텐데 말이에요.

"시장에 가셨나?"

유나는 고개를 갸우뚱했어요. 할머니는 가까운 대형 마트

68

보다는 집에서 먼 재래시장에 가서 반찬거리며 김칫거리 같은 걸 사 오곤 했거든요. 집에서 두세 정거장이나 되는 거리를 버스도 안 타고, 바퀴 달린 장바구니를 끌고 다니며 장을 봐 오곤 했어요.

"엄마, 제발 그러지 좀 마세요! 가까운 마트 두고 왜 멀리 있는 시장까지 가느냐고요?"

엄마는 할머니가 장바구니를 끌고 나가면 마구 화를 냈어요.

"나는 너무 미끈하게 생긴 것보다 흙도 묻고 울퉁불퉁하게 생긴 게 좋다. 게다가 시장은 마트보다 한결 값이 싸고 푸짐하잖니. 운동 삼아 발품 들여서 싸고 싱싱한 걸 먹으면 좋지."

할머니는 빙긋 웃으며 말했어요.

'치, 나 배고픈데.'

유나는 할머니가 없는 부엌을 왔다 갔다 하다가 우유를 꺼내어 마셨어요. 하지만 한 시간, 두 시간이 지나도 할머니는 감감무소식이었어요.

"유나야, 할머니 나가시는 거 못 봤니?"

"응. 내가 일어나니까 벌써 안 계시던걸."

"목욕 가셨나?"

엄마도 이상하다는 듯 고개를 갸우뚱했어요. 그러고는 오믈렛을 만들어 아빠와 유나에게 아침밥을 주었어요.

참 이상한 일이었어요. 한 시간, 두 시간…… 한낮이 지나도록 할머니는 집에 돌아오지 않았어요.

"이상하다? 어디 가셨나? 전화해 봐야겠다."

엄마는 걱정스러운 얼굴로 할머니에게 전화를 걸었어요. 하지만 전화기가 꺼져 있다는 메시지만 들려올 뿐이었어요. 하긴 할머니는 전화가 걸려올 데도 없다며 늘 전화기를 꺼놓을 때가 많았어요.

"유나야, 할머니한테 무슨 일 생긴 거 아닐까?"

엄마는 부쩍 걱정스러운 얼굴이었어요.

유나도 마찬가지였어요. 할머니가 아무 말도 없이 이렇게 오래 집을 비우는 건 처음이었거든요.

'어디 가신 거지?'

유나는 무슨 실마리라도 찾으려는 듯 할머니 방으로 들어
갔어요. 방에는 할머니가 쓰는 작은 옷장과 앉은뱅이책상이
달랑 놓여 있었죠.

책상 위에는 할머니가 보던 책과 돋보기, 로션 한 병이 있었
고요.

유나는 무심코 앉은뱅이책상의 서랍을 열었어요. 그러자 겉
표지가 초록색으로 된 공책 한 권이 보였어요.

'이게 뭐지?'

유나는 고개를 갸우뚱하며 초록색 공책을 펼쳤어요. 그 순
간 유나는 흠칫 놀랐어요. 그건 바로 할머니의 일기장이었어요.

'선생님이 남의 일기장 훔쳐보면 안 된다고 했는데……'

궁금증이 난 유나는 두근두근 떨리는 마음으로 조심스레
할머니의 일기장을 읽기 시작했어요.

3월 3일, 우리 유나가 2학년이 되던 날

유나가 어느 틈에 자라 2학년이 되었다. 나도 마치 2학년이 된 듯 마음이 설렌다. 1학년 때보다 밥도 잘 먹고 반찬도 고루고루 잘 먹고 몸무게도 늘어서 얼마나 다행인지.

유나야, 그저 튼튼하게만 잘 자라다오.

3월 25일, 유나가 감기에 걸렸다.

아직 찬바람이 불고 꽃샘추위가 남아 있더니 그예 유나가 감기에 걸렸다. 열이 나고 목도 따끔따끔하고 콧물 재채기가 쉴 새 없이 나와서 걱정이다.

소아과에 데려가서 약도 타고 주사를 맞았으니 빨리 낫기를 바랄 수밖에.

그러고 보니 우리 유나는 아기 때부터 유난히 병치레를 자주 해서 얼마나 내 애간장을 태웠는지. 지금도 그때를 생각하면 가슴이 철렁 내려앉는다.

4월 13일, 친구들아, 미안하다.

고향 친구들이 모처럼 가까운 일본으로 온천 여행을 간다고 한다. 하지만 나는 포기하고 말았다. 3박 4일 동안 내가 없으면 우리 유나 혼자 밥은 어떻게 먹고 학교는 어떻게 갈지 걱정이 되어서다.

친구들이 너도나도 손자와 손녀 키워 줘야 소용없다며 마구 나를 흉본다. 사실 거의 10년이 다 되도록 유나 키우고 살림을 해서인지 팔다리가 욱신욱신 쑤시고 아프다. 이럴 때 뜨거운 온천물에다 몸을 푹 담그고 나오면 개운해질 텐데.

하지만 어린 유나가 혼자 집에 있을 걸 생각하면 도저히 발이 떨어지지 않는다. 친구들아, 미안하다. 다음에 같이 가도록 하마.

5월 8일, 카네이션

이 세상에서 제일 예쁜 꽃,
우리 유나가 달아 준 카네이션 한 송이

5월 30일, 슬프다

나 때문에 유나가 친구들에게 놀림을 당하다니. 아무
리 아이들이지만 청국장 냄새를 똥 냄새라니! 요즘
아이들 입맛이 문제인가, 집에서 청국장을 담가 먹는
내가 문제인가.
유나야, 할미가 이제 청국장 그만 담그도록 하마.
우리 유나가 할미 때문에 놀림을 받다니, 참 슬프다.

6월 13일, 울고 싶은 날

급식 당번이라 유나 학교에 간 날.
하지만 유나가 다시는 학교에 오지 말라며 고함을
지른다.
내가 그렇게 부끄러운 건가?
울고 싶구나.

할머니의 일기장을 읽던 유나는 갑자기 얼굴이 빨개졌어요.

유나 때문에 기쁘고 즐거운 일뿐만 아니라, 유나 때문에 슬프고 속상한 일들까지 다 적혀 있었거든요.

'할머니, 미안해요!'

유나는 고양이 때문에 할머니를 속상하게 한 일이 떠올라 더욱 마음이 아팠어요.

'혹시 할머니가 나 때문에 집을 나가신 건 아닐까?'

유나는 더럭 걱정이 앞섰어요.

"엄마, 엄마! 아무래도 할머니가 나 때문에 집을 나가신 것 같아! 내가 너무 할머니를 속상하게 했거든. 여기 할머니 일기장에도 다 쓰여 있어!"

유나는 울먹이며 할머니 일기장을 엄마에게 내보였어요.

"뭐? 할머니 일기장이라고?"

엄마도 깜짝 놀라 할머니의 일기장을 읽기 시작했어요.

"아무래도 할머니가 상처를 많이 받으신 모양이다. 지난번 아빠 셔츠 사건도 그렇고, 우리끼리 놀이공원에 다녀온 일도 그렇고…… 할머니 마음을 너무 상하게 한 것 같아."

엄마는 울상을 지으며 어쩔 줄 몰랐어요.

"당신이 직장 다닌답시고 너무 모든 걸 장모님한테 맡겨둔 거 아니야? 유나도 이제 제법 컸다고 할머니 말끝마다 말대꾸나 하고 말이야. 그러니 장모님께서 도망치고 싶은 마음이 왜 안 드시겠어?"

아빠가 엄마와 유나를 꾸짖듯 말했어요.

"어머머, 그러는 당신은 뭘 잘했다고 그래? 다른 집 남편들은 음식물이나 재활용 쓰레기를 척척 잘 버려 주더라. 그런데 당신은 손 하나 까딱 안 하면서 편하게 지내잖아! 우리 엄마가 뭐 우리 집 도우미라도 되는 줄 알아?"

엄마도 지지 않고 뱁새눈으로 아빠를 흘겨보며 말했어요.

엄마 아빠의 싸움이 시작될 징조였어요.

"몰라, 몰라! 할머니가 집을 나가신 건 나 때문이야! 내가 샛별이를 엄마 사무실로 데려간 게 할머니 때문이라며 막 소리를 질렀거든. 이제 어떡하지?"

유나는 걱정이 된 나머지 눈물을 주르륵 흘렸어요.

8. 할머니, 사랑해요!

한밤중이 되도록 할머니는 집에 오시지 않았어요.

'할머니, 제발 빨리 돌아오세요!'

유나는 속으로 빌고 또 빌었어요. 할머니가 안 계시자 집안이 온통 텅 빈 것만 같았어요.

요리는 영 젬병인 엄마는 점심에는 짜장면과 탕수육을 시켜주고 저녁에는 즉석 카레를 내놓았어요.

유나는 할머니가 만들어 주는 구수한 된장찌개랑 달걀찜, 두부조림이랑 새콤달콤한 오이무침이 생각났어요. 부엌에서 들려오던 다다다다 도마질 소리며 맛있는 음식 냄새도 떠오르고요.

"에고, 할미 보물!"

할머니가 큼큼한 반찬 냄새 나는 손으로 유나의 두 뺨을 잡고 뽀뽀해 주던 것까지요.

하지만 아무리 기다려도 할머니는 오시지 않았어요.

엄마도 시간이 지날수록 점점 더 걱정스러운 모습이었어요. 할머니가 가실 만한 데에다 여기저기 전화해 보았지만, 모두 모른다는 말뿐이었어요.

"혹시 사고 난 거 아닐까? 아무래도 경찰서에 신고해야겠어."

엄마는 벌떡 일어나 전화기를 들었어요. 그러고는 전화를 걸어 할머니 실종 신고를 했어요.

그때였어요. 유나는 문득 아파트 알림판에 붙어 있던 광고 쪽지가 생각났어요. 강아지나 고양이를 찾는 광고지 말이에요.

"맞아! 왜 그 생각을 못 했지? 할머니를 찾는 광고를 하면 되겠다!"

유나는 자리에서 벌떡 일어나 컴퓨터로 광고지를 만들기 시작했어요. 우선 할머니 사진을 찾아서 넣었어요.

"앗! 그런데 할머니 이름이 뭐지?"

유나는 그만 당황해서 어쩔 줄 몰랐어요. 강아지나 고양이도 재롱이, 초롱이, 뽀삐 같은 이름이 있는데 할머니 이름을 모르고 있었던 거예요.

"엄마, 할머니 이름이 뭐야?"

"그건 왜? 김, 갑 자, 순 자이시잖아."

"아, 맞다! 어릴 때 내가 갑순이 할머니라고 놀리곤 했는데. 나는 할머니는 이름이 그냥 할머니인 줄 알았어!"

유나는 할머니 이름을 새카맣게 까먹은 게 너무나 미안했어요.

유나는 할머니 옷장이랑 신발장을 뒤져 할머니가 입고 나간 옷과 신은 신발이 무엇인지 찾아냈어요. 그리고 마침내 할머니 찾는 광고지를 완성했어요.

사람을 찾습

김갑순 할머니를 찾습니다.

나이는 67세

얼굴은 동그랗고 금테 안경을 썼으며 하얀 운동화를 신고,

검은색 바지에 분홍 윗도리를 입었습니다.

혹시 김갑순 할머니를 보신 분은 아래의 전화로 연락 바랍니다.

연락처 : 010-123-3456

유나는 광고지를 얼른 여러 장 출력하여 아파트 알림판에 붙였어요. 내일은 버스 정류장이나 사람들이 많이 다니는 길에 있는 전봇대에도 붙일 생각이에요.

'아, 제발, 연락이 왔으면!'

유나는 간절히 빌며 집으로 들어갔어요.

"아빠, 아직 할머니한테 연락 안 왔어요?"

"그러게 말이다. 아무 일 없으면 좋으련만."

아빠는 갑자기 목이 타는지 냉장고에서 물을 꺼내 벌컥벌컥 마셨어요. 그러다가 무심코 냉장고에 붙어 있던 메모지를 보고 놀라 소리를 꽥 질렀어요.

"앗, 이, 이게 뭐냐? 이거 장모님이 쓴 편지 아니야?"

"뭐? 어디, 어디 좀 봐!"

엄마는 소스라치게 놀라 아빠 손에 들린 메모지를 빼앗았어요. 유나도 두근거리는 마음으로 그 옆으로 다가갔어요.

글씨를 보니 할머니가 남긴 편지가 분명했어요. 냉장고에는 유나의 준비물이며 공과금 용지들이 잔뜩 붙어 있어서 할머니의 메모지가 눈에 안 뜨였던 거예요.

85

"어디, 뭐라고 쓰셨는지 빨리 읽어 봐요!"

세 식구는 서로 머리를 맞댄 채 할머니의 편지를 읽기 시작했어요.

유나야, 할미가 모처럼 정선에 좀 다녀오마.

오랫동안 안 갔더니 이것저것 다 궁금하구나.

할미가 살던 집에도 좀 가 보고,

네 할아버지 산소에도 좀 가 보고,

순돌이네 집에서 하룻밤 자고 올 테니 아무 걱정하지 마라.

말을 하고 가려고 했는데 너희가 하도 곤히 자서 이렇게 쪽지를 남기고 간다.

다녀오마.

"으흐흐……. 얼마나 고향에 가 보고 싶으셨으면……."

엄마는 메모지를 든 채 그 자리에 주저앉아 울음을 터뜨렸어요. 정선은 바로 할머니와 할아버지의 고향이었어요.

할머니는 할아버지가 병으로 일찍 돌아가신 뒤 혼자 사시다가 유나를 키워 주러 오신 거예요. 순돌이 할머니는 할머니랑 제일 친한 친구고요.

"……그동안 말씀은 안 하셨어도 늘 정선에 가 보고 싶었던 거야. 아버지랑 우리 남매가 오붓하게 살던 그 시절이 얼마나 그리우셨으면……."

엄마는 여전히 눈물을 흘리며 말했어요.

"그래, 우리가 참 무심했어. 한 번쯤 모시고 갈 만도 했는데. 뭐가 그리 바빠서 동동거리며 살았는지 몰라. 그나저나 등잔 밑이 어둡다더니 냉장고에 붙어 있던 걸 왜 이제야 봤는지 원."

아빠도 눈이 빨개진 채 머리를 벅벅 긁었어요.

"으흐흐, 난 할머니가 나 때문에 아주 집을 나가신 줄 알았어! 엄마, 그럼 할머니 내일 오시는 거지? 그렇지?"

87

유나는 눈물을
뚝뚝 흘리며 물었어요.
"그래, 오실 거야. 오시고말고!"
엄마는 힘주어 말했어요.
그날 밤, 유나는 할머니 생각에
잠을 설쳤어요.

마침내 아침이 오자 엄마와 아빠, 유나는 할머니를 위해 머리를 맞대고 멋진 계획을 세웠어요.

엄마는 있는 솜씨 없는 솜씨를 다 발휘해서 할머니가 좋아하는 순두부찌개도 끓이고 해물파전도 부쳤어요.

마침내 뉘엿뉘엿 해가 지자 딩동 소리와 함께 할머니가 집으로 오셨어요.

"할머니! 얼마나 보고 싶었다고요! 할머니, 사랑해요! 은서 할머니처럼 멋쟁이가 아니어도 좋아요! 파스타랑 피자 안 만들어 줘도 좋아요! 난 이 세상에서 할머니가 제일 좋아요!"

유나는 후다닥 달려가 코맹맹이 소리를 내며 할머니 목에 와락 매달렸어요. 할머니의 일기장을 본 뒤부터 열 번 백 번 꼭 하고 싶었던 말이었어요.

"아이고고, 할미 숨 막혀 죽겠네. 유나야, 할미가 그렇게 좋아? 그런데 어쩌누, 할미도 이제부터 멋 좀 부리려고 정선 시장에 나가 이렇게 보라색 치마랑 꽃무늬 블라우스도 사 왔는걸."

할머니는 입이 벌쭉 벌어져서는 가방에서 새 옷을 꺼내어 자랑했어요. 그러다가 생각났다는 듯 들고 온 종이봉투에서 또 무언가를 꺼냈어요.

"참, 할미가 뭐 사 왔는지 보련? 자, 샛별이 집이다!"

할머니는 푹신푹신하게 생긴 고양이 집을 내밀었어요.

"네? 그, 그게 정말이에요?"

유나는 눈이 휘둥그레졌어요.

"사무실에서 이 사람 저 사람한테 구박받으며 사는 것보다 여기서 사는 게 한결 낫지. 내일 당장 다시 데려오너라. 유나가 그렇게 좋아하는데."

"야, 우리 할머니, 최고! 최고!"

유나는 겅중겅중 뛰며 좋아서 어쩔 줄 몰랐어요. 그러다가 할머니 손을 잡아끌며 소리쳤어요.

"할머니, 엄마 아빠랑 나도 할머니에게 드릴 깜짝 선물을 준비했어요! 자, 보세요, 어서!"

유나는 빳빳한 마분지 한 장을 내밀었어요. 바로 엄마와 아빠, 유나가 머리를 맞대고 쓴 계획표였어요.

"이게 뭐냐?"

할머니는 영문을 모른 채 마분지에 쓰인 글씨를 읽었어요.

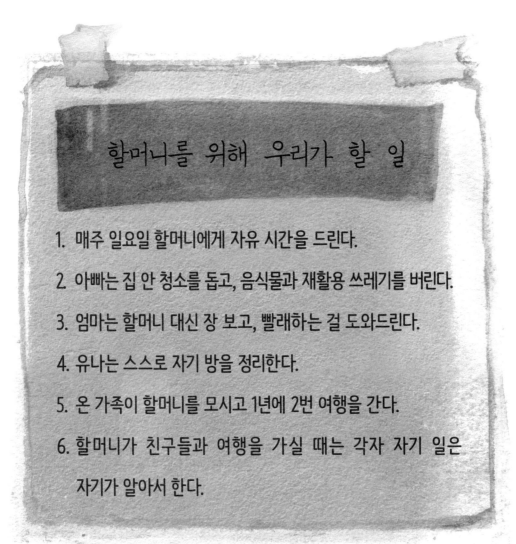

할머니를 위해 우리가 할 일

1. 매주 일요일 할머니에게 자유 시간을 드린다.

2. 아빠는 집 안 청소를 돕고, 음식물과 재활용 쓰레기를 버린다.

3. 엄마는 할머니 대신 장 보고, 빨래하는 걸 도와드린다.

4. 유나는 스스로 자기 방을 정리한다.

5. 온 가족이 할머니를 모시고 1년에 2번 여행을 간다.

6. 할머니가 친구들과 여행을 가실 때는 각자 자기 일은 자기가 알아서 한다.

"아이고, 갑자기 왜들 이러는 게냐, 응? 내가 아주 집이라도 나간 줄 알고 놀라서 그러는 게야? 아무튼 이거 보기만 해도 힘이 나는구나."

할머니는 환하게 웃었어요. 그러고는 엄마가 차려 놓은 밥을 맛있게 뚝딱 드시곤 피곤하신지 코를 골며 주무셨어요.

"오늘은 할머니랑 자야지!"

유나는 베개를 들고 할머니 옆에 누웠어요. 다른 때는 그렇게도 듣기 싫던 할머니의 코 고는 소리가 마치 자장가처럼 들렸어요.

"할머니, 사랑해요!"

유나는 잠이 든 할머니를 꼭 끌어안으며 중얼거렸어요. 막 잠이 들려는데, 한 가지 생각이 퍼뜩 떠올랐어요.

"맞다! 아파트 알림판에 붙어 있는 '김갑순 할머니를 찾습니다!'를 빨리 떼어야 할 텐데."

유나는 중얼거리면서 스르륵 잠이 들었어요.